1867 (Avril 9-10)

ESTAMPES

DESSINS

Vente les 9 & 10 Avril 1867, à une heure.

Me DELBERGUE-CORMONT
COMMISSAIRE-PRISEUR.

M. ROCHOUX
MARCHAND D'ESTAMPES.

ENOU & MAULDE

Compagnie des Commissaires-Priseurs,

RUE DE RIVOLI, 144

CATALOGUE
D'ESTAMPES
ÉCOLE FRANÇAISE DU XVIIIE SIÈCLE
PORTRAITS, ETC.
DESSINS

DONT LA VENTE AURA LIEU

HOTEL DES COMMISSAIRES-PRISEURS

Rue Drouot, n° 5

SALLE N° 7, AU PREMIER ÉTAGE

Les Mardi 9 & Mercredi 10 Avril 1867

A UNE HEURE

Me DELBERGUE-CORMONT, Commissaire-Priseur,
rue de Provence, 8,
Assisté de M. **ROCHOUX,** Marchand d'Estampes,
quai de l'Horloge, 19,
Chez lesquels se distribue le présent Catalogue.

EXPOSITION PENDANT LES JOURS DE VENTE

PARIS
RENOU & MAULDE
IMPRIMEURS DE LA COMPAGNIE DES COMMISSAIRES PRISEURS
Rue de Rivoli, 144.

1867

ORDRE DES VACATIONS

PREMIÈRE VACATION.— *Le Mardi 9 Avril 1867*

Estampes .... 1 à 134

Dessins 291 383

DEUXIÈME VACATION. — *Le Mercredi 10 Avril 1867*

Estampes......................... 135 à 290

Dessins............................ 384 à 440

CONDITIONS DE LA VENTE

Elle sera faite au comptant.

Les Acquéreurs paieront en sus du prix d'adjudication, CINQ POUR CENT, applicables aux frais.

DÉSIGNATION

DES

ESTAMPES

1 **Aldegrever**. Sophonisbe. B. 62. Très-belle ép. avec marges.

2 **Anonyme.** Portrait de jeune Femme avec bouquet de roses au corsage; in-8. Très-belle ép. avant toute lettre.

3 — Le Vieux Mari et le Cadenas.

4 **Audinet**. J.-B. Cléry, d'après Danloux; in-4. Très-belle ép.

5 **B***** (de). Charles-Étienne Gaucher. Joli portrait in-8, d'ap. Noireterre.

6 **Balechou** (J.-J.). Trois pièces ornements. *Rares.*

7 **Barra, Marcou**. Arquebuserie, Frises, etc 9 pièces.

8 **Baudouin** (d'après). Sa taille est ravissante. Jolie pièce gravée par Lebeau. Très-belle ép.

9 — Le Carquois épuisé; l'une des plus charmantes compositions du maître, gravé par N. Delaunay. Très-belle ép. avant la lettre. *Très-rare.*

10 — Le Fruit de l'Amour secret, gravé par Voyez. Très-belle ép. pliée en deux.

11 — Le Coucher de la Mariée, gravé par Moreau jeune. L'épreuve manque de fraîcheur.

12 **Beham** (S.). La Justice de Trajan. B. 82. Très-belle ép. du 1er état avant l'année.

13 — Deux couples de Danseurs, B. 155; Deux autres couples, 156; Deux Musiciens et un couple de Danseurs, 160; La Femme venant prier à danser des paysans qui sont à table, 161. 4 pièces. Épreuves superbes.

14 — Des Paysans qui se battent; le Paysan caressant une femme. B. 162 et 163. 2 pièces. Superbes ép. du 1er état.

15 — Le Porte-enseigne et le Tambour. B. 199. Très-belle ép.

16 **Benjamin**. Portraits-charges; 14 pièces litho.

17 **Boilly** (d'après). La Comparaison des petits pieds; l'Amant favorisé. 2 pièces gravées par Chaponnier.

18 **Bois anciens**. Lettres ornées, Frises, Culs-de-lampes. 90 pièces.

19 — Lettres ornées. 66 pièces.

20 — Lettres ornées, Frises, Culs-de-lampes. 320 pièces.

21 **Bonnet**. Jeune Fille ayant une fleur au corsage, à la sanguine, d'ap. Boucher. Ép. superbe.

22 — Buste de jeune Fille coiffée d'un chapeau; jolie pièce à la sanguine, d'après Boucher. Très-belle ép. avec marges.

23 **Borel** (d'après). J'y passerai, gravé par R. Delaunay. Très-belle ép.

24 **Boucher.** Enlèvement d'Europe; gravé par Aveline; Naissance d'Adonis, par Scotin. 2 jolies pièces. Très-belles ép.

25 — La Courtisane amoureuse, gravé par Larmessin. Très-belle ép.

26 — Le Magnifique, gravé par Larmessin. Très-belle ép.

27 — Fête de Bacchus; Pêcheurs; Groupe d'Enfants. 3 pièces gravées par Huquier.

28 — Les Villageois à la pêche, gravé par Gaillard. Très-belle ép.

29 — Scène de Patineurs, d'après Watteau.

30 — Tritons et Naïades dans une grotte; jolie composition gravée par Saint-Non, à la manière du lavis.

31 — Deux Vases; un Flambeau de Meissonnier, etc. 6 pièces.

32 **Boyvin** (René), **Ducerceau.** Cinq pièces.

33 **Brentel**, d'après Claude Laruelle. Un recueil contenant : Pompe funèbre du prince Charles III de Lorraine du n° 1 à 48.

Dix autres planches du n° 1 à 10 représentant le Bailly de Nancy conduisant les sieurs des trois États du duché de Lorraine, etc.

Quatre autres planches représentant : Un cortége de différents personnages, comtes, barons, etc., en tout 62 planches.

Ce Recueil manque de conservation.

34 **Bry** (Théodore de). Les Lettres *C*, *D*, *L*, *N*, *P*, *R*, *S*, *W*. 8 pièces. Très-belles épr.

35 **Burgmaïr**. Saints et Saintes, tirés de Maximilien. 20 pièces sur bois.

36 **Callot** (Jacques). Le Jeu de boules, l'une des plus jolies pièces du maître. Très-belle ép. avant l'adresse d'Israël Silvestre, tirée sur papier à la marque de Lorraine.

37 — La Grande foire de Florence, 2e planche. M. 625. Superbe ép. du 1er état.

38 — *Ecce homo*, 7. La Possédée, 156, Le Bénédicité, 65; Adoration des Rois et Conversion de saint Paul avant la lettre, 92 et 93, etc. 8 pièces.

39 — Nouveau Testament. 12 pièces dont 2 copies.

40 — L'Enfant prodigue. 5 pièces originales et 6 copies.

41 — Les Apôtres, 104 à 119. 16 pièces. Belles ép.

42 — Martyre des Apôtres. Suite de 16 pièces.

42 bis — Vingt pièces de la suite des Saints, dont 13 avant la lettre.

43 — Les Sept péchés capitaux, 157 à 163.

44 — Le Parterre de Nancy, 622.

45 — Vue du Louvre, 713. Belle ép.

46 **Carême** (d'après). Bacchanale, gravé par Janinet. En couleur, sans marges.

47 **Carrache** (Augustin), 1587. Portrait du Titien. Ép. superbe.

8 — Le même portrait. Ép. moins belle.

49 **Castiglione** (B.). La Nativité; Résurrection de Lazare; Satyre assis au pied d'un terme; Pan assis vis-à-vis d'un vase, etc. 11 pièces.

50 **Chardin** (d'après). La Serinette, gravé par Cars. Très-belle ép. d'une jolie pièce.

51 **Chevalier**. Scènes populaires. Charges à l'eau-forte très-spirituellement exécutées. 10 pièces. Très-belles ép.

52 **C. L.** (Monogramme). Joaillerie. 3 belles pièces.

53 **Cochin** (d'après). Concours pour le prix de l'étude des têtes, gravé par Flipart. Très-belle ép. avec marges.

54 **Collaert**. Joaillerie. 3 pièces, plus une pièce de Daniel Mignot.

55 **Coqueret**. Les Ennuyés chez eux, d'après C. Vernet. Très-belle ép. avant toute lettre.

56 **Courtois** dit **le Bourguignon**. Prise de la ville d'Oudenarde en 1587, Combat de Steenberg en 1583. R. D. 13 et 14. 2 pièces. Très-belles ép.

57 **Debucourt**. Route de Poissy, d'ap. C. Vernet, en couleur.

58 — Barrière des Champs-Élysées, en couleur.

59 — Un Gourmand à table rongeant un os et se versant à boire.

60 **Decamps**. Scène de Joueurs; Une Rencontre; 2 lithogr. — Une Mendiante, gravé par Veyrassat; La Distraction; Nymphe endormie, d'après Diaz; Une Gondole, par Roqueplan. 7 pièces.

61 **Delafosse**. Frises, Consoles, Trophése. 6 pièces.

62 **Delaulne** (Étienne), **Théodore de Bry**, **P. Bourdon**. Arabesques, Agrafes, etc. 9 pièces.

63 **Demachy**. (d'après). Inauguration de la statue de Louis XV, gravé par Hémery.

64 **Demarteau.** Jeune Femme assise ayant près d'elle un enfant; Les Plaisirs innocents; Bergère debout; Jeune Femme assise avec deux enfants. 4 pièces à la sanguine, d'après Boucher. Très-belles ép.

65 — Jeune Femme les mains appuyées sur un cahier de musique, d'après Boucher, à la sanguine. Très-belle ép.

66 — Portrait d'Homme assis, d'après Fragonard. Très-belle ép. avec marges.

67 **Descourtis.** Foire de village; Noce de village. 2 pièces en couleur, d'après Taunay. Très-belles ép.

68 — L'Amant surpris, d'après Schall. Jolie pièce en couleur. Très-belle ép.

69 **Detroy.** Toilette pour le bal, gravé par Beauvarlet. Jolie pièce. Ép. superbe.

70 **Divers.** Ornements de l'époque Louis XVI, par Choffard, Queverdo, Babel, etc. 25 pièces.

71 — Ornements du XVIe siècle. 7 pièces.

72 — Entêtes, Culs-de-lampes, par Choffard, Cochin et autres. 42 pièces.

73 — Écrans, par Lajoue; Cartouches, par Labelle, etc. 27 pièces.

74 — Ornements variés de Babel, Ranson, etc. 33 pièces.

75 — Ornements variés, Encadrements, etc. 35 pièces.

76 — Ornements variés. 23 pièces.

77 — Cheminées, d'après Ab. Bosse, etc. 12 pièces.

78 — Décorations intérieures de l'époque Louis XV, Blondel, Pineau, Poulleau, etc. 13 pièces.

79 — Vases, Flambeaux, Fontaine. 13 pièces.

80 — Encadrements, Culs-de-lampes. 38 pièces.

81 — Le Billet doux; Qu'en dit l'abbé; les Soins tardifs; le Coucher; le petit Jour; le Contre-temps; le Curieux; l'Épouse indiscrète; le Baiser à la dérobée, etc. 35 pièces, la majeure partie épreuves modernes.

82 — C'est sans malice, par Auguste Desnoyers; la Ruse d'amour, d'après Mouchet, etc. 15 pièces.

83 — 7 pièces, dont un dessus de clavecin, d'après Gillot.

84 — Vues et sujets en couleur. 10 pièces.

85 — Compositions et Paysages. 84 pièces.

86 — Chute des Titans, par Salvator Rosa; Samson livré par Dalila, par Raphaël Sadeler, etc. 11 pièces.

87 — MM. Cousin, Ingres, Guizot, Béranger, Decamps, Émile de Girardin, Hérold, H. Vernet, J. Janin, Berlioz. 10 portraits gravés par Paul Chenay, Hedouin, Masson et Metzmacher.
Ce numéro pourra être divisé.

88 — Portraits, Sujets, Paysages, Caricatures. 44 pièces, Gravures et Lithographies.

89 — Caricatures. 32 lithographies.

90 — Duchesse d'Angoulème. 5 portraits.

91 14 pièces : Portraits, Sujets et Caricatures sous la Restauration.

92 **Drevet** (P.). Hyacinthe Rigaud, d'après lui-même, in-fol. Très-belle ép.

93 **Dupin** fils. Comte d'Artois, d'après Hall. Joli portrait.

94 **Dupont** (Henriquel). Portrait de M. Bertin, d'après Ingres. Superbe ép. avant la lettre.

95 **Dupré** (Jules). Vue prise en Angleterre ; bords de la Somme ; le Berger, par Colignon ; Normandie, par Marvy. 6 pièces.

96 **Dyck** (Van). Jean Snellinx. Très-belle ép.

97 — François Snyders, terminé par J. Neefs. Très-belle ép.

98 **Edelinck**. Jules Hardouin Mansart, surintendant des bâtiments du roi. R. D. 267. Très-belle ép. du 2e état.

99 — Crispin. R. D. 299. Très-belle ép. du 4e état.

100 — Claude de Sainte-Marthe. R. D. 308. Très-belle ép. du 3e état. — Ch. Faure, 201, 2e état.

101 — Israël Silvestre, d'après Lebrun. R. D. 319. Très-belleép. du 3e état, avec la Vue de Paris au bas.

102 **Ferdinand** (L.). Nicolas Poussin, in-fol. Très-belle ép.

103 **Flameng**. La Source, d'après Ingres. Très-belle ép.

104 **Fragonard**. L'Armoire. Belle eau-forte du maître. Très-belle ép. avec marges.

105 — La Cachette découverte, gravé par R. Delaunay. Très-belle ép.

106 — La Gimblette, gravé par Bertony. Très-belle épreuve.

107 **Freudeberg**. Le Marchand d'images; le Retour du soldat. 2 pièces gravées par Ingouf. Épreuves non terminées.

108 **Gaucher** (C. E.). Mme de Graffigny, in-8.

109 **Gérard** (Mlle). Le Triomphe de Minette, gravé par Vidal. Jolie pièce imprimée en couleur.

110 **Girardon** (D'après). Le Tombeau de Richelieu, gravé par C. Simonneau. 5 pièces.

111 **Greuze** (D'après). La Bonne Éducation, gravé par Moreau jeune, terminé par Ingouf. Superbe ép. avant toute lettre. *Rare.*

112 — La petite Nanette. Jolie pièce gravée par Beljambe. Très-belle ép.

113 — Jeune Fille pleurant son oiseau mort. Jolie pièce gravée par Flipart. Très-belle ép.

114 — La Mère bien aimée, gravé par Massard. Superbe ép. signée au verso de *Greuze* et de *Massard.*

115 **Guérin**. L'Amour désarmé, d'après Corrége. Très-belle ép.

116 **Guyot**. Humanité et bienfaisance du roi, d'après Debucourt. En couleur. Très-belle ép.

117 **Heat** (James). Général Washington en pied, d'après Gabriel Stuart, in-fol. Très-belle ép.

118 **Hooghe** (Romyn de). Triomphe, Fêtes, Arlequin furieux. 7 pièces.

119 **Huet**. Les Grâces enchaînées par l'Amour; l'Amour enchaîné par les Grâces. 2 pièces en couleur, gravées par Bonnet.

120 — Vénus sur les eaux; Diane au bain. 2 pièces en couleur, gravées par Bonnet.

121 **Huet**. Le Triomphe d'Ariane; le Triomphe de Galathée. 2 pièces gravées par Bonnet, en couleur.

122 — Trophées, Frises, Arabesques, etc. 15 pièces.

123 **Jacquard.** Une Poignée d'épée; ornements de Toutin et autres. En tout, 8 pièces.

124 **Janinet**. Toilette de Vénus, d'après Boucher. Jolie pièce en couleur. Très-belle ép.

125 — Les jeunes Nourrices, d'après Boucher. A la manière du lavis.

126 — Monument à la gloire de Louis XVI. Ép. avant toute lettre; la tête de Louis XVI n'est pas terminée.

127 **Lafage** (par et d'après). Bacchanales. 10 pièces, plus 2 paysages de Pérelle.

128 **Lagrenée**. Anacréon, pièce à la manière du lavis. B. 44. Très-belle ép.

129 **Lancret** (D'après). Le Berger indécis, l'une des plus charmantes pièces du maître; gravé par J. Tardieu. Très-belle ép. avec marges.

130 — Le Faucon, gravé par Larmessin. Très-belle épreuve.

131 — Le Gascon puni, gravé par Larmessin. Très-belle ép. avec marges.

132 — La Servante justifiée, gravé par Larmessin. Superbe ép. avec grandes marges.

133 — Les quatre Saisons en hauteur. Belle suite de 4 pièces gravées par B. Audran, Lebas, Scotin, et N. Tardieu. Très-belles ép.

134 — L'Adolescence, gravé par Larmessin. Très-belle ép.

135 **Larmessin** (N. de). Guillaume Couston, sculpture, in-fol. Très-belle ép.

136 **Larmessin** fils. Louis XV enfant, d'après Rigaud, in-fol. Très-belle ép.

137 **Lasne** (Michel), 1644. Pierre Corneille, in-8.

138 — Louis de Verdun, architecte, in-8.

139 **Lavrince** (D'après). Les trois Sœurs au parc de Saint-Cloud; les Grâces parisiennes au bois de Vincennes. 2 pièces gravées par Chapuy, en couleur.

140 — Le Déjeûner anglais, gravé par Vidal. Très-belle ép.

141 **Lebeau**. Les deux Incroyables. Tres-belle ép. avec marges.

142 **Lehman**. André Vesale. Lithographie.

143 **Leisnier**. La Fornarina, d'après Raphaël. Superbe ép. avant toute lettre, sur papier de Chine.

144 **Lemire**. Louis XVI; Marie-Antoinette, par A. Boizot; Mme Elisabeth, d'ap. M. Guiard. 3 pièces.

145 **Leoni** (Ottavius). Simon Vouet, peintre, beau portrait in-8. Ép. superbe.

146 **Lepautre**, **Giardini**, **Vouet**. Ornements Louis XIV. 14 pièces.

147 **Lépicié**. Rosalba Carriera, d'après elle-même, in-8. Très-belle ép., *avec l'adresse d'Odieuvre.*

148 **Leroux**. Léda, d'après Léonard de Vinci. Première et superbe ép. d'artiste avant toute lettre. *Rare* en cet état. Elle porte au bas :

Je certifie le tirage conforme à la première épreuve. Paris, 13 décembre 1834. Signé par le propriétaire du tableau.

149 **Leyde** (Lucas de). Esther et Assuérus. Belle ép. collée en plein et restaurée.

150 **Loir, Toro**. 9 Pièces.

151 **Maile** (G.). Catherine, femme de Rubens. Albertus son of P. P. Rubens. 2 pièces en couleur.

152 **Marot** (Jean et Daniel). Plafonds, Panneaux, Vases. 7 pièces.

153 **Masson** (Ant.). Marin Cureau de La Chambre, d'ap. Mignard. R. D. 24. Très-belle ép. du 1er état.

154 **Méryon**. Vue du Châtelet. Ép. avant la lettre.

155 **Metzu** (D'après). Le Marché aux herbes d'Amsterdam, gravé par David. Très-belle ép.

156 **Meyer** (Daniel). 6 pièces, plus 1 pièce de Diéterlin.

157 **Millet**. Les Glaneuses.

158 — Deux Paysans bêchant la terre.

159 — Jeune Paysanne portant une cruche, suivie d'un jeune paysan ayant une fourche sur l'épaule. Belle eau-forte.

160 **Monnet** (D'après). Les Baigneuses surprises. Superbe ép. avant toute lettre.

161 **Monnier** (Henri). 12 Pièces.

162 **Monnoyer** (Baptiste). Vases de fleurs. 2 pièces.

163 **Moreau** jeune. Jupiter et Sémélé, d'après Lagrenée. Charmante pièce à l'eau-forte. *Rare.*

164 — Louis-Auguste, dauphin de France, d'après Hall. Charmant portr. in-8.

165 — La Sortie de l'Opéra; charmante pièce. Épreuve d'eau-forte. *Rare.*

166 **Muller** Pierre, peintre à l'âge de dix-huit ans, d'après lui-même; petit in-fol. Très-belle ép.

167 **Naiwincx**. Un Paysage. B. n° 6. *Rare.* Très-belle ép.

168 **Nanteuil**. Maridat. R. D. 168. Charmant petit portrait. Très-belle ép. avec marges.

169 **Oppenort**. Cartels, Cartouches. 4 belles pièces.

170 **Oudet** et autres. Fontaines, Char funéraire, etc., Dessins et Gravures. 50 pièces.

171 **Pass** (Crispin de). Les Muses, nos 4, 5, 6, 7, 8 et 9. 6 pièces de forme ronde. Très-belles ép.

172 — Henricus Walliæ princeps; Anne, reine d'Angleterre. 2 portraits in-8. Très-belles ép.

173 **Patas**. L'Honnête Fripon; la Curieuse; 2 pièces d'après Chauveau; les Plaisirs nocturnes, la Perte irréparable, la triple Ivresse. En tout 5 pièces.

174 **Pater** (D'après). Marche comique, gravé par Ravenet. Très-belle ép.

175 **Pelée** (P.). E. T. A. Hoffmann, d'après Henriquel Dupont. Petit in-4.

176 **Perelle**. Diverses Vues. 10 pièces. La Bastille, par Marot. 5 pièces de Lepautre. En tout 16 pièces.

177 **Pillement**. Ornements variés. 17 pièces.

178 **Prud'hon** (D'après). Daphnis et Chloé, gravé par Roger. Très-belle ép.

179 — Le Premier Baiser de l'Amour, l'une des jolies pièces du maître, gravé par Copia. Très-belle ép.

180 — L'Enflammer, gravé par Beisson; En jouir, par Copia, avant la lettre; Choisir l'objet, par Beisson. 3 pièces. Très-belles ép.

181 — Aminta, Abrocome e Anzia, la Grotte, la Vengeance de Cérès. 4 pièces.

182 — Terpsycore, Erato, gravé par Lesman; Joseph et la Femme de Putiphar, lith. par Boilly; la Toilette, par Maurin. 3 pièces.

183 — Le Roi de Rome, gravé par A. Lefèvre.

184 **Reynolds** (Joshua). Lady Caroline Howard, gravé par V. Green. Très-belle ép. avant la lettre.

185 — Jeune Femme assise tenant un petit chien sur ses genoux. Jolie pièce gravée par Samuel Okey, Superbe ép. avant la lettre.

186 **Romanet**. Vénus endormie, d'après le Titien. Superbe ép. avant la lettre.

187 — Julie de Villeneuve, petite-fille de Mme de Sévigné, in-4. Très-belle ép.

188 **Saint-Aubin** (Aug. de). Voltaire avec Freron et La Baumelle, in-8. Très-belle ép.

189 **Saint-Aubin** (Gabriel). *Vue du Salon du Louvre en l'année 1753*. Charmante pièce du maître très-recherchée. B. 19. Superbe ép. du 1er état. *Très-rare.*

190 **Salembier**. Principes d'ornements, Vases. 8 pièces.

191 **Saint-Sauveur** (D'après.) Tableau des principaux peuples de l'univers. 5 pièces gravées par Mixelle, Phelippeaux, etc.

192 **Schiavonetti**. Mistress Cosway, d'ap. R. Cosway. Charmant petit portrait.

193 **Sergent**, 1789. Il est trop tard. Jolie pièce en couleur, avant la lettre.

194 **Silvestre** (Is.). ~~Jardin~~ de M. Renard aux Tui~~leries~~. Maison et Jardin du grand-prieur du ~~Temple~~. F. n° 54. — 3 et 7. Très-belles ép.

195 — Vue de l'église et cimetière des Saints-Innocents à Paris. F. 89. Très-belle ép.

196 — Le Cours la Reine. F. 91. Très-belle ép.

198 — Fontaine des Innocents. F. 96. 2e état.

198 — Hôpital Saint-Louis. F. 97. Très-belle ép.

199 — Hôtel de Luynes. F. 102. Très-belle ép.

200 — Vue et Perspective de l'hôtel Saint-Paul. F. 104. Très-belle ép. du 1er état.

201 — Vue de l'Isle Notre-Dame. F. 110. Jolie petite pièce. Très-belle ép. du 1er état. *Rare.*

202 — Vue du jardin du roi au faub. Saint-Victor. F. n° III, n° 2. Très-belle ép.

203 — L'Église novicial des Jésuites. F. 113. Très-belle ép. du 1er état.

204 **Silvestre** (Is.). Vue de la partie du Louvre où sont les appartements du roi. F. 115, n° 7. Très-belle ép. du 1er état.
— La même pièce.

205 — Vue du Palais d'Orléans et d'une partie du petit Luxembourg. Vue du Palais d'Orléans du côté des Chartreux. F. 117, nos 3 et 8. 2 pièces. Très-belles ép.

206 — Vue de la maison de M. de Bretonvillier et de l'isle Notre-Dame. F. 119, n° 1. Très-belle ép.

207 — Vue du Pont-Neuf à Paris. F. 130, n° 2. Jolie petite pièce *rare*. Très-belle ép.

208 — Vue des Porcherons, proche Paris. F. 135. *Rare*. Très-belle ép.

209 — Vue du quai des Augustins et du pont Saint-Michel. F. 140. Très-belle ép.

210 — Abbaye Saint-Germain-des-Prés, maison abbatiale de Saint-Germain-des-Prés. F. 150. 2 pièces. Très-belles ép.

211 — Eglise Saint-Martin-des-Champs. F. 152.

212 — Eglise Saint-Germain-l'Auxerrois. F. 149; Saint-Sulpice, 154. 2 pièces. Très-belles ép.

213 — Vue de l'église Saint-Victor. F. 155. Très-belle ép.

214 — Vue d'une partie du cours et de la savonnerie. F. 156. Très-belle ép.

215 — Vue de l'église du Temple. F. 158. *Rare*. Très-belle ép.

216 — Vue et Perspective de l'église et de la cour du Temple. F. 158, n° 2. Très-belle ép. du 1er état.

217 **Silvestre** (Is.). Saint-Germain-en-Laye, partie du château neuf. 2 pièces. Très-belles ép.

218 — Châteaux de Vincennes, de Verneuil, de Maison. 3 pièces. Très-belles ép.

219 — Entrée du château de Merlou, Église Saint-André, à Pontoise; Eglise Saint-Pierre de Reims. 3 pièces. Très-belles ép.

220 — Château de la Roche-Guyon en Normandie, Pont de pierre de Rouen. 2 pièces. Très belles ép.

221 — Abbaye de Saint-Martin-de-Langres, Eglise des Cordeliers de Tanlay, Eglise Saint-Etienne de Sens. 3 pièces. Très-belles ep.

222 — Vue et Perspective de Saint-Cloud, du jardin et parterre de la maison de Gondy, de la cascade du jardin de l'archevêque à Saint-Cloud. 3 pièces. Très-belles ép.

223 — Vue de la Fontaine du Tibre, de la cour des Fontaines, du jardin et de l'orangerie de la cour du Cheval blanc, du château, 5 Vues de Fontaînebleau.

224 — Château de Fresnes, 2 vues; Château de Frémont. 3 pièces. Très-belles ép.

225 — Château de Rincy, de Grosbois, d'Ansy-le-Franc. 3 pièces. Très-belles ép.

226 — Vue du fort de Meulent sur la rivière de Seine, château de Lusigny en Brie, carré d'eau des jardin, château et cascades de Liencourt. 5 pièces. Très-belles ép.

227 **Smith** (J.). La comtesse d'Essex, d'après Kneller, in-fol. Très-belle ép.

228 **Soutman** (P.). Une Bacchanale, d'après Rubens.

229 **Strange**. Cléopâtre, d'après le Guide.

230 **Tardieu**. Christine de Suède. Superbe ép. avant toute lettre.

231 **Téniers** (D'après). Les Joueurs de quilles, gravé par Laurent. Ép. avant toute lettre.

Tortorel et Perissin.

Les Tableaux de la Ligue de 1559 à 1570.

232 L'Entreprise d'Amboise, 1560 (nº 6).

233 L'Exécution d'Amboise, 19 mars 1560 (7).

234 Le Massacre fait à Vassy, le 1er mars 1562 (11).

235 Le Massacre fait à Sens, en Bourgogne, 1562 (12). Pièce gravée sur cuivre.

236 Le Massacre fait à Tours en 1562 (14). Pièce gravée sur cuivre, du 1er état. Très-rare.

237 La Prise de la ville de Montbrison, 1562 (15).

238 La Défaite de Saint-Gilles en Languedoc, 1562 (16). Pièce gravée sur cuivre.

239 — L'Ordonnance des deux armées de la bataille de Dreux, 1562 (17). Pièce gravée sur cuivre.

240 La première Charge de la bataille de Dreux, 1562 (18). Pièce gravée sur bois par Jean de Gourmont.

241 La deuxième Charge de la bataille de Dreux (19). Pièce gravée sur cuivre.

242 La troisième Charge de la bataille de Dreux, où M. le prince de Condé fut pris, en 1562 (20) Pièce gravée sur bois par de Gourmont.

243 La quatrième Charge de la bataille de Dreux, 1562 (21). Pièce gravée sur cuivre. Superbe épreuve.

244 La Retraite de la bataille de Dreux, 1562 (22). Pièce gravée sur cuivre.

245 Orléans assiégé au mois de janvier 1563 (23). Pièce sur cuivre.

246 Le duc de Guise blessé à mort le 18 février 1563 (24).

247 Le Massacre fait à Nismes le 1er octobre 1567 (27). Pièce gravée sur cuivre.

248 La Bataille à Saint-Denis donnée la veille de la Saint-Martin, 1567 (28).

249 La Rencontre des deux armées françaises à Cognac en Auvergne, 1568 (29).

250 La Rencontre des deux armées françaises entre Cognac et Chasteauneuf, 1569 (32).

251 La Rencontre des deux armées à Laroche en Lymosin, où le S. Strossy fut pris, 1569 (33). Pièce sur cuivre. Superbe ép. du 1er état.

252 L'Ordonnance des deux armées près de Moncontour, le 3 octobre 1569 (35). Pièce gravée sur cuivre.

253 La Desroute du camp de M. le Prince et la Défaite des Lansquenets, 1569 (36). Pièce gravée sur cuivre.

254 La Surprise de la ville de Nismes dans la nuit du 15 novembre 1569 (37). Pièce gravée sur cuivre. Superbe ép.

255 Saint-Jean-d'Angely assiégé par le Roy Charles IX en 1569 (38).

256 L'Entreprise de Bourges en Berry en 1569 (39). Pièce gravée sur cuivre. Deux épreuves mal conservées.

257 La Rencontre des deux armées françoises faicte au passage de la rivière du Rhône, 1570 (40). Pièce gravée sur cuivre. Superbe ép.

Toutes les estampes de cette suite sont premières épreuves avec les légendes en français et avant des numéros de pagination. Les numéros qui suivent chaque pièce sont ceux du catalogue de Robert-Dumesnil.

258 **Trouvain** (A Paris, chez). Les cinq Sens, suite de 5 pièces, costumes du temps de Louis XIV. Très-belles ép.

259 — Le duc de Bourbon, duc de Bourgogne, Electrice de Brandebourg, Marie-Elisabeth, archid. d'Inspruck; Homme de qualité à l'église. 2 pièces par Saint-Jean; autre par Arnoult. En tout 8 pièces à costumes du temps de Louis XIV.

260 — Le Père Lachaise, confesseur du roi, in-8 *rare*. Très-belle ép.

261 **Vernet** Joseph (D'après). L'un des grands Ports de France. Superbe épr. avant toute lettre.

262 **Vernet** (H.). 18 pièces lithographiées, et 1 pièce gravée d'après lui.

263 **Vischer** (Corneille). La Bohémienne. Super épr. *avant que l'adresse de Clément de Jonghe ait été enlevée.*

264 **Vleughels**. Le Villageois qui cherche son veau. gravé par Larmessin. Très-belle épr.

265 **Waterloo**. Paysages. 26 pièces.

266 **Watteau**. *Iris, c'est de bonne heure avoir l'air à à la danse.* Charmante petite pièce. *A Paris, chez Sirois.* Épreuve superbe.

267 **Watteau.** *Du bel âge où les jeux remplissent nos désirs.* Jolie pièce gravée par Moyreau. Épr. superbe.

268 — Le Passe-temps, charmante pièce gravée par B. Audran. Très-belle épr.

269 — *Les Plaisirs pastoral*, belle pièce gravée par N. Tardieu. 1re et superbe épr.

270 — Comédiens italiens, gravé par Baron. Très-belle épr.

271 — Le Concert champêtre, belle composition gravée par B. Audran. Très-belle épr.

272 — L'Accord parfait, gravé par Baron. Jolie pièce. Très-belle épr.

273 — Le Tète-à-tète, jolie petite pièce gravée par B. Audran. Très-belle épr.

274 — Le Rendez-vous, gravé par B. Audran. Jolie pièce. Très-belle épr.

275 — La Sultane, gravée par B. Audran. Superbe épr., avec marges.

276 — La Diseuse d'aventure, gravé par Cars. Très-belle épr., avec marges.

277 — *Voulez-vous triompher des belles,*
Débitez-leur des bagatelles.
Jolie pièce gravée par Thomassin. Très-belle épreuve.

278 — La Sérénade italienne, jolie pièce gravée par Scotin. Très-belle épr.

279 — Les Champs-Élysées, l'une des plus charmantes compositions du maître, gravée par N. Tardieu. Très-belle épr.

280 — La Récréation italienne, fort jolie pièce gravée par Aveline. Très-belle épr.

281 **Watteau**. Les deux Cousines, pièce très-recherchée, gravée par Baron. Très-belle épr., avec marges.

282 — La Conversation, gravé par M. Liotard. Superbe épr., avec marges.

283 — La Perspective, gravé par Crépy. Très-belle épreuve.

284 — Pomone, gravé par Boucher. Très-belle épr., avec marges.

285 — La Famille, gravé par Aveline. Très-belle épreuve.

286 — L'Amusement, gravé par Huquier. Très-belle épreuve.

287 — Buste de jeune femme. Très-belle épr. avant toute lettre, avec marges.

288 — Femme debout; Buste de femme; Buste de pierrot; Étude de jeune fille. 4 pièces.

289 Les Métamorphoses d'Ovide, avec les jolies figures et encadrement sur bois du petit Bernard. Lyon, 1557. *Il manque le titre et cinq feuillets.*

290 — Le Tome Ier de l'histoire de la maison de Bourbon. 18 pièces, titre et culs-de-lampes.

DESSINS

291 **Amman** (Jost.). Entrée triomphale.

292 **Andrews**. Le Bal masqué, composition d'un grand nombre de figures, à la mine de plomb, à la sanguine, avec retouches de blanc, très-beau dessin.

293 — La Présentation, beau dessin exécuté comme le précédent.

294 **Baccio Bandinelli**. Académie d'homme, beau dessin à la plume *de la collection Durant.*

295 **Baccio Bandinelli** (École de). Études, beau croquis.

296 **Bartholomeo** (Fra). Décoration dans la chapelle de Santa-Maria, à Rome.

297 **Berkeiden** (Jacob). Un Homme assis.

298 **Boichot**. Une Bacchanale. Beau dessin.

299 — Triomphe de l'amour.

300 **Boucher**. Jeune fille à mi-corps, vue de dos.

301 — Une Sirène. Joli dessin.

302 **Boucher** (Attribué à). Études de plusieurs figures.

303 — Jeune fille puisant de l'eau avec une casserole.

304 **Boucher** (Ecole de). Tête de jeune Femme, à la sanguine.

305 — Deux Moutons, à la sanguine.

306 — Sujets Mythologiques, 3 dessins.

307 **Buonarotti** (École de). Études à la plume, au recto et au verso.

308 **Buys** (J.). Intérieur d'appartement où l'on voit une jeune Mère assise et découvrant le berceau de son enfant. A gauche une servante balayant.

309 **Caravage** (Polidore de). Un Banquet. Beau dessin.

310 **Carême**. Une Bacchanale.

311 — Satyre et Nymphe; Satyres, par Lafage, 2 dessins.

312 **Carrache** (Louis). Études de figures, à la plume.

313 **Chardin** (Manière de). Buste de jeune Fille, à plusieurs crayons.

314 **Cortone** (P. de). Grande Frise.

315 — Enlèvement des Sabines.

316 **Courtois** dit le **Bourguignon**. Une Bataille.

317 **Demarne**. Paysage avec animaux; Croquis où l'on voit une Femme trayant une vache, 2 dessins montés sur la même feuille.

318 — La Tonte des moutons. Au verso, Troupeau passant un gué.

319 **Desportes** (Attribué à). Gibier.

320 **Desrais**, 1773. Jeux d'Enfants, 2 jolis dessins à la sépia.

321 **Desrais**, 1777. Marie-Antoinette, reine de France. Charmant dessin sur vélin.

322 **Divers**. Jeune Fille assise; Figure attribuée à Lesueur; Paysage, etc., 5 dessins.

323 **Dyck** (Ant. Van). L'*Ecce Homo*. Croquis à la plume. *Attribué*.

324 **Espagnole** (École). Portrait d'Homme au bas duquel est écrit : *Gio Batista*.

325 **Française** (École). Pâris remettant la pomme à Vénus; Gloire d'Anges, 2 dessins pour plafonds.

326 — XVIIIe siècle. Une Femme montant au lit. De chaque côté une Femme debout, dont l'une tient une lumière.

327 — Un Bal; l'Été, 2 dessins.

328 **Française** (École). Berger jouant de la cornemuse près d'une Bergère assise.

329 — Pièce allégorique : Une voiture, dans laquelle on voit un jeune homme et deux jeunes femmes, est entraînée rapidement par quatre chevaux. Derrière, une vieille femme montée sur un bouc que deux Amours cherchent à retenir.

330 — Buste de jeune Fille vue de profil. A plusieurs crayons.

331 — Buste de jeune Homme. Dessin de forme ronde.

332 — Halte devant un cabaret.

333 — Éducation de la Vierge.

334 **Fragonard**. Les Jets d'eau. Joli dessin lavé à la sépia. *Collection Greveratts.*

335 **Hollandaise** (École). Un Personnage de condition assis. Il est couvert d'un manteau et coiffé d'un chapeau à larges bords.

336 — Paysages, 2 dessins.

337 — Vue de Bréda.

338 **Huet** (J.-B.). Berger conduisant un troupeau; Bergère trayant une vache, 2 dessins.

339 **Italienne** (École). Des Anges soutenant le corps de Jésus-Christ. Beau dessin à la plume, lavé.

340 — Jeune Homme en méditation.

341 — Hommages rendus à un Pape.

342 — Groupe de trois figures. L'un des personnages est assis à gauche, à la sanguine.

343 — Des Anges élevant un calice.

344 **Italienne** (École). Études de figures. A gauche, jeune Fille debout tenant un vase.
345 — Sainte Famille. A la sanguine.
346 — L'Échelle de Jacob.
347 — Hommages rendus au Pape Innocent.
348 — Saint Pierre recevant les clefs du Ciel.
349 — Buste d'Homme appuyé, vu de profil.
350 — Jésus amené devant Pilate.
351 — Jeune Femme, en buste.
352 **Fontainebleau** (École de). Un Plafond.
353 **Géricault** (Attribué à). Persée et Andromède.
354 **Géricault** (Manière de). Un Mourant.
355 **Germain**. Fête champêtre.
356 **Goyen** (Van). Paysage avec ruines à gauche.
357 **Greuze** (Manière de). Jeune fille assise et endormie. A la sanguine.
358 **Huet**. Un Paysage.
359 **Lafage**. Une Bacchanale. A la plume.
360 **Lancret**. Deux figures de Femmes debout.
361 **Lantara**. Un Paysage. Effet de lune.
362 — Un Paysage.
363 **Lawreince** (Manière de). Jeune Femme un pied appuyé sur un fauteuil, et relevant sa jupe pour mettre sa jarretière,
364 **Lebrun** (École de). Une Bataille. Dans le haut planent des renommées sonnant de la trompette et répandant des palmes.
365 **Lépicié**. Jeune Fille présentant un bol à une vieille femme.
366 — Buste de jeune garçon. Beau dessin à plusieurs crayons.

367 **Leprince**. Buste de jeune femme vue de profil. A plusieurs crayons.

368 **Lesueur** (Eustache). Un Ange jouant de la viole. A plusieurs crayons.

369 **Maratte** (C.). Sisara, un Fleuve. 2 dessins.

370 — Visite à sainte Elisabeth.

371 **Massaroti**. Composition pour l'Apocalypse.

372 **Mazzuoli** dit le **Parmesan**. La Vierge tenant l'Enfant Jésus.

373 **Parmesan** (École de). Sainte Famille.

374 **Mola** (Francesco). Sainte Famille.

375 **Morazoni**. Un Apôtre debout appuyé sur une épée.

376 **Moreau** jeune (Manière de). Une Fête. Croquis lavé à l'encre de Chine.

377 **Mouricault.** Femme nue assise tenant une couronne de fleurs et montrant du doigt un lit. A la sanguine.

378 **Natoire**. Assomption.

379 **Nattier**. Les Filles du Régent. 3 dessins.

380 **Ommeganck**. Paysage avec figures et animaux. On lit au verso de ce dessin :

Ce dessin est l'ouvrage de B. P. Ommeganck mon père. Signé Ommeganck.

381 **Ornements**. Fontaine, autel, plafonds, façade monumentale, encadrement, etc. 18 dessins.

382 — Cartouches pour armoires, par Larue; plafonds, décorations diverses, plus un paysage signé Rieter, 1780. 16 dessins.

383 **Ostade** (Adrien van). Intérieur flamand. Composition de plusieurs figures.

384 **Picart** (Bernard). Jeune Femme lisant; derrière elle une vieille femme ; jeune Femme ayant près d'elle l'Amour. 2 dessins.

385 — Jeune Fille jetant de l'eau avec une seringue.

386 **Poussin** (Nicolas). Une Bacchanale.

387 — Groupe d'Apôtres.

388 **Poussin** (École de). Descente de croix; à la sanguine. Croquis à la plume. 2 dessins.

389 **Procaccini**. La Boîte de Pandore.

390 **Prudhon** (Manière de). Etude de femme.

391 **Puget**. Dessin pour décoration. A la sanguine.

392 **Raphaël** (Attribué à). Étude d'une figure pour la Transfiguration.

393 **Raphaël** (École de). Études, au recto et au verso.

394 — Étude d'homme debout vu de dos.

395 — La Vierge tenant l'Enfant Jésus.

396 **Robert** (Hubert). Vue prise en Italie.

397 **Robbia** (Della). Un Concert.

398 **Rubens**. Combat des Centaures et des Lapithes. A plusieurs crayons,

399 — Tête de Vierge. A plusieurs crayons.

400 **Rubens** (École de). Figure de Satyre, Figure de Femme à mi-corps. 2 dessins.

401 **Saint-Aubin** (Augustin de). Jeune Fille assise et lisant ; jeune Femme couchée; jeune Fille vue à mi-corps. 3 charmants dessins.

402 **Saint-Aubin** (Gabriel de). Duport, musicien.

403 **Salviati**. Figures allégoriques. 2 dessins.

404 **Sarte** (André del). Figure de Femme tenant un enfant. A la sanguine.

405 **Sarte** (André del). Études de figures.

406 **Silvestre** (Manière de). Forteresses. 2 dessins à la plume.

407 — 2 dessins à la plume.

408 **Solario**. La Vierge tenant l'Enfant Jésus. A la sanguine. Dessin d'un beau sentiment.

409 — Enfant couché. A la sanguine.

410 **Stry** (Van). Berger conduisant un troupeau.

411 **Tiépolo** (Dominique). Saint Jean prêchant. Beau dessin.

412 — Fuite en Égypte.

413 **Tintoret**. Diane entourée de ses nymphes.

414 **Titien**. Un Paysage.

415 **Ulft** (Van der). Monuments en ruines.

416 **Vanni** (François). La Vierge sur un croissant, tenant l'Enfant Jésus.

417 **Vasari** (Giorgio). Composition pour les Noces de Cana. Très-beau croquis.

418 **Vélasquez**. La Vierge debout sur des nuages, tenant l'Enfant Jésus. Dessin mal conservé.

419 **Véronèse** (Paul). Un Évangéliste. Beau dessin.

420 — Portrait d'Homme, à mi-corps.

421 — Halte à la fontaine. Sujet biblique.

422 — Études de figures. A la sanguine.

423 **Verschuring** (Henri). Deux Cavaliers, dont l'un est à pied et tient son cheval par la bride; on voit au milieu d'eux une dame à cheval.

424 — Études. Sur le devant, un cheval chargé; au-dessus, un cavalier avec une femme en croupe.

425 **Vignali**. Têtes d'Hommes. 2 dessins à la sanguine.

426 **Watteau**. Jeune Homme debout; costume de l'époque Louis XV. A la sanguine.

427 — L'Escarpolette. Arabesque.

428 **Watteau** (Manière de). Scène de la comédie italienne. A la sanguine.

429 **Wouwermans**. Cavalier s'apprêtant à monter à cheval. A la sanguine.

430 **Zurbaran**. Figure de Vieillard à genoux. A la plume.

431 Sous ce numéro, 64 Dessins non catalogués, qui seront vendus par lots.

SUPPLÉMENT

432 **Carmontelle**. Diverses attitudes d'hommes. 4 dessins à la sanguine.

433 **Detroy**. Études et croquis de portraits et costumes d'après nature. 38 dessins. *Ce numéro pourra être divisé.*

434 — Detroy au milieu de sa famille, belle esquisse peinte sur papier.

435 **Fragonard**. Un lit entouré d'Amours. Joli croquis.

436 — **Huet**. Petite fille montée sur une chèvre, et causant avec un petit garçon debout, à gauche. — Tête de jeune femme, par Greuze. 2 dessins.

437 **Marillier**. 27 dessins faits pour la suite des illustres Français; plus 7 dessins-vignettes.

438 **Watteau**. Femme couchée, croquis d'après nature, à la sanguine, rehaussé de blanc.

439 **Divers**. 39 dessins de vases d'après des estampes ou dessins du XVIe siècle.

440 Diverses études. 6 dessins.

Renou et Maulde, imprimeurs de la Compagnie des Commissaires-Priseurs rue de Rivoli, 144. 1430

www.ingramcontent.com/pod-product-compliance
Ingram Content Group UK Ltd.
Pitfield, Milton Keynes, MK11 3LW, UK
UKHW020516180726
13839UKWH00005B/2126

9 782329 477893